# 一个人的对峙

A man's
self-confrontation

的

徐马楼 著

长江出版传媒
长江文艺出版社

徐马楼，男，生于1979年。原名耿大勇，从事与文学无关的工作，非专业文学写作者。曾出版短篇小说集《避水台》。

# 记与大勇的一次聚谈 (代序)

耿占春

　　冬月的夜晚，几位朋友在大理洗尘家的露台上谈诗喝茶。大勇读他的诗，他先读了《先知的羊群》——

> 你照片里那群羊，也曾
> 挡住我的去路
> 我停下来目送，它们
> 旁若无人地横穿过去，像群先知
> 布施下晦涩的预言：

　　到这里为止，诗句的描写都很自然并让人怀着期待，描写或呈现出一种情境总归是诗学的一个宗旨，然而说出预言却可能会打破更复杂的预期："别太着急前行，我的傻兄弟，/偶尔停下来等等自己/若听得到儿时抽响的羊鞭/便明白：梦的起点即是终点。"洗尘听完说，还是认可大勇的这首诗，建议删除最后一行。是的，总结性的话需要谨慎说出，甚至不必说出。

　　这首诗显然有着一个日常情境，经验语境构成了诗的基础部分，然而此类诗作最终总会指向超越日常性的维度，一首诗通常在描述一种经验的过程中缓慢地超越有限的经验视野，将意义指向世界的别处。一首诗通常要缓慢地消化掉或吞噬掉它所描述的经验，这是诗歌对话语的一种回收，不能让经验留在纯粹的经验世界，必须在诗艺的层面让经验发生转换或转化。未能转化干净的地方就会留下痕迹，而过于概念化的转换也会缩小经验，或致使经验显得单义化。

大勇并不是专业诗人，也很少在诗人圈内出现，但他挚爱诗歌写作，在挣钱的目标之外，生命的定价不能太低。可以说诗歌其实与每个人有关，因为我们都有自我表达的需要。就此而言，诗歌总是与经验世界之间有着显而易见的联系，但诗艺需要将它所处理的经验转换为诗的直观，将日常生活的感知转换为诗的感性，在这个转换过程中，修辞总在逐步脱离被表现的材料，并从这种转换中、从脱离经验世界具体性的修辞方式中获得诗艺的自由。

将诗歌写作关注的焦点投向修辞与形式，将缓慢的、有预谋的疏离经验世界或对日常经验的转换视为一种方法，造成了诗歌语言的"孤立化"，它的极端状态是关注语言上的精妙，而缺乏经验的关注、情感的投注和理念的塑形。疏离的诗艺通常会受到缺乏经验与情感的指责。的确，呈现或再现乃至表现观念的淡漠，导致了诗艺本身的"历史性的空虚"。然而，在诗歌的大众化趣味中，最不缺乏的就是亲情、乡情之类通俗情绪，它给诗艺带来的损害比修辞的孤立化更为致命。

我们还听到大勇朗诵了另一首诗——《不在自己村庄里忧伤》，听完之后洗尘给出的建议仍然是修辞方面的改动，比如其中的"能否抵御今年寒冬的进犯"，他建议不使用"进犯"这样的词，尽可能不使用诗歌修辞的剩余物。加上"进犯"之后既显得修辞过度又感觉冗余。"抵御……进犯"已属于凝固的词列。最富有诗意的修辞通常最先耗尽它的内涵，而变成腐朽或冗余之物。

那两天正好我们都在说"语言的腐败"、语言的空洞化这样的问题，写诗的困难与职责，都在与语言的腐败所作的抵抗，写作的人需要警觉到某些修辞方式的禁用，警觉修辞过度与修辞冗余所造成的不纯净的风格，以便让语言精确和富有表现力。诗歌写作在貌似门槛很低的错误印象中，事实上是一种反对语言习惯与惯例的写作，是以动机质疑作品的非确定性的语言探索。

与诗艺的剩余物相比，难以被修辞所形式化的经验本身倒可能带来诗艺的张力，甚至那些只能通过叙事所表达的日常经验也富有诗学的张力。在大勇的作品中，《忧伤》属于叙事因素较强的篇章，由九首短诗组成。第六首写到了"祖奶奶"，"她来自山西先天缺水的某地/自杀前，她清楚村里机井被填埋后/涵洞是唯一有水且致命的地方"。接着第七首就水到渠成地写道：

> 水渠是通往天国的最后一段路程
> 假如没有天国
> 它就通往我们的麦田
> 梧桐树就栽在水渠边
> 不开花的季节
> 也会有乌鸦停在上面
> 也会有预言环伺村庄

洗尘评点说，他非常喜欢这样的句子——（水渠）假如没有天国/它就通往我们的麦田——但正是这样抒情的句子出现在祖奶奶在唯一有水的涵洞自杀，水渠、天国、麦田才由一种"突发想法"构成了一种修辞结构。当修辞与形式自身不能恰当地表现出其历史性之时，那种形式就被要求说出具体的生活内涵。确实只有极少的瞬间，诗艺的形式自身才葆有这种由形式所积淀的精神。

夜有点凉意，洗尘把露台上的两个取暖器都打开，喝着西叶冲泡的普洱，我们品评着大勇的诗，整体上说，大勇还是偏爱温暖、干净的经验，时代的冷酷与肮脏似乎被主观性地排除在诗的视野之外了。这一点可以在大勇的诗歌中读到答案。他说——

> 整个八月都星光黯淡
> 可我
> 不愿意在自己村庄里充满忧伤

虽然大勇早就走出了村庄，但他的诗更多的时候书写着的依旧是村庄，其中似乎有他的梦想与情结。《穿越芦苇荡以回归自己》表达的也是通过乡村意向回归自身的愿望，虽然其中仍有"响亮的鞭梢扬起美丽的疼痛"这样需要删除的修辞剩余物，却也难掩回归的渴望——

> 布谷鸟随季节归来，满怀善意
> 提醒谷物与炊烟，那么
> 你确信自己需要狂野人生？
> 在没有星光的城市，与陌生人
> 互赠阴暗？

是的，大勇不想书写在没有星光的城市里与陌生人互赠阴暗的生活，而乡村即使存在着曾经的伤痛，也依旧像一个梦想。这个梦境与真实经验无关，而与漫长的乡村生活史有关，与古老的已经消失的生活方式有关。乡村更像一个消失世界的表征，就像他在《梦境》中所写："一低头就看到那个梦/祖先和他的自制马车/他的马本应在草原上/沿琴弦一样锋利的马道奔驰/驮负萧萧岁月与猎猎旌旗/载回英雄的爱情与闪电……"在这样的梦境中，大勇的乡村书写充满"哀叹"与"前方夕阳似血"的英雄末路感。在大勇的乡村书写中，梦境（理念）中的乡村是一种中古英雄史诗式的图景，而叙事中呈现的乡村则是一个他所经历的悲苦世界。或许每个人都有自己的悖论，因此人们需要诗歌，让悖论彼此相容。在许多人的笔下，乡村都充当了批评现代社会的一个保守的据点——

　　　　没有崇山峻岭
　　　　没有庙宇祠堂
　　　　就寻一块石头坚强祈祷
　　　　在靠近水的地方……（《文明》）

　　诗集的最后一辑旨在对古老文明进行深入探索，旨在对村庄的历史维度进行一次考古发掘，看起来大勇遍游了中原古老的村落，陆浑、兴洛仓、贺兵马、苏濹沱、八公桥、胙城、垊坞、君召、神垕等村子，它们就是活着的历史遗存，与大勇的乡村梦境更为接近。生活在中原腹地的大勇，或许将来可以更系统更深入地完成这些地方的书写，使之成为一种独具魅力的修辞方式。

整个晚上新闻人老马一直在谦逊地听着诗歌朗读和谈论，一言不发，我问云龙兄：在你看来诗歌所处理的问题是不是很轻？心思沉重的老马是著名的聂树斌案得以平反的重要推动者，刚刚获得去年中国十大人物，他谦逊地说：你们谈论的问题不是很轻，而是感觉我离它很远。

新闻话语尽可能地不让说话人或报道者的语言介入，尽可能接近真相地呈现经验世界或事件本身，不需要修辞转换。新闻要呈现的是事件、材料、真相，而不是语言或修辞。但真的是这样吗？对马云龙来说，他全力推动的每个新闻事件都终将整个经验世界的逻辑卷入其中，包括将新闻报道及其话语逻辑卷入其中，将消失的新闻卷入其中。很难说新闻背后的话语逻辑是什么。最完整、最详尽、最客观的新闻事件的报道一定关乎着整个社会历史语境。就像老马曾经报道的事件，每一件都不是孤立的事件，而是大量事件的并置，其中隐含着新闻人的职业操守和无尽的哀伤，此刻我知道，他无奈的叹息已经是他的诗篇。马拉美在一个多世纪之前就说过：（报纸）新闻是一首隐形的诗篇，是一种隐形的象征主义。好的新闻用最勇敢的记录抵制空洞的宣传，用揭破真相的石破天惊的话语抵制腐败的说教，而好的诗歌，也总是处在材料与形式的张力中，处在记录与创造之间。大勇以为呢？

大理的冬夜闪烁着星光，苍山上的流云飘过头顶，阴霾是隐形的。今夜的聚谈方式是一次巧合，然而最值得去想的却是，在新闻时刻或新闻消失的时代如何写诗？

CONTENTS 目录

# 神说，要有雪

# 理想的夜晚

大提琴在黄昏呜咽
雨说停就停
琴声在雾霭中收复天台
知更鸟晾晒湿透的歌声
群山之外，云霞与风划下黑色休止符
这是理想傍晚的一角

在最理想的傍晚
我借助潮湿平静下来
停靠栏杆，收回犀利视角
不管明天从哪里开始流浪
大提琴都知道我的忧伤

我不期待星辰布满天空
蛙声也尽管去吧
昆虫会提着灯笼，自带乐器
填补这残破的深秋之夜
我相信会有一轮明月
在暗夜里描摹我瘦弱的影子
我会在大提琴的尾音处
找出困扰半生的答案
从日渐苍老的面庞上夺回微笑

我踏着木屐走下天台
大地余温尚存
我重新进入这个理想的夜晚

2016-9-27

# 神说，要有雪

今冬所有麦苗与诗歌
均缺少雪的润色

来年的黑色预言亟待雪白
要一场雪，祭奠离家多年的人

神说，要由雪加厚我们的瓦
为父亲的屋檐两肋插刀

神说，要由雪翻新郊外的土
唤醒村口被时间冻僵的河

还要由雪标注离乡的足迹，纪念
万千离人干涩的归来

2015-2-1

# 苍凉

我知道有一天　我
可以肋生双翅　战胜众神
与梅花一起育春天

我相信　到秋天
故乡所有高粱　衣冠整齐
饱蘸大地最后一缕鲜红
看日月交替

我明白　风停驻之后
部首与偏旁散落华北华南
河流应运而生
像嘹亮的马鞭　呼号驱赶
众生毕至

我知道

2011-8-15

# 先知的羊群

## ——与青青老师和

你照片里那群羊，也曾
挡住我的去路
我停下来目送，它们
旁若无人地横穿过去，像群先知
布施下晦涩的预言：
　"别太着急前行，我的傻兄弟，
偶尔停下来等等自己，
待儿时听惯的羊鞭再次响起。"

2014-1-12

## 云中意象

我敢肯定顶上那片云
和你的亡灵有关
审视我们吧
我和牛都是你的
我继承了牛鞭甩落了夕阳
我把所有的悲伤和敬意
端至尊前

暗哑而饱蘸泪水的云
丢弃眼泪后将一无所有
原谅我这个叛逃者吧
我的前方不需要泪水
我们是坚强的两父子
我不愿把贫穷穿在身上
你长眠故土　灵魂化为大鸟
啄食我的良知犹如一块朽骨
我跪倒在地　云漫卷天际

2000-10-23

# 茶

涉世未深者探头探脑

煨进后山上刚驻扎的春天

反复领会冷嘲热讽

被缉拿私藏的雨露

与诸多陌生者砥砺而行

与阳光擦肩后拐入山间小道

终极倾听者近乎修炼而成

炉火上铁壶水响

暗语即来

史书外最大探密者宣告登场

2017-5-9

# 一个人的对峙

我们约好这泡茶味淡时就道别
茶室躲在芜杂的城市深处
有株绿萝不知深浅地寄身墙角

禁不禁忌的话题均有涉及
只是结论没比上次明晰
我们互相揶揄处世方式
质疑对方信仰不稳的逻辑与动机
交换遮羞布的爱情观念
找形而上的棍棒支护鼓胀的物欲
深陷政治沼泽折断了方向感
我们眼看走向差距过大的控辨立场
匆忙道别

不锈钢水壶的口哨兀自空响
沸水一次次栽倒在自己嘴里

服务员尾随呼叫器赶来
账单已算清楚：绿萝忽略不计
茶室里始终独我一人　怔怔地
望向　两只茶杯的对峙

2014-1-25

# 他人

我们都在泥土里完成了蜕变
却永远无法改变泥土
每一天的空气都非比寻常
包括每天的团雾，乌云

生活的水完成着色
成为雀鸟不经意的轻羽
带着我的童年扑朔迷离
而我在别人的梦境里
一次次改换角色　　直至
改换门庭

纵使身边的人无以胜数
我时刻寻找自己的兄弟
顺理成章成为兄弟的囊中之物后
我跟随他人
并成为他人拼图游戏里的一块

为他人的幸福欢呼
要醉倒在河边某一棵树下
醒来以水为镜
以便看清无邪的脸

2013-1-6

## 容易回头

好的，就此结束吧
趁天没亮离开
我们该自觉避免彼此流泪的场景
更要杜绝情节反复
你继续你的流浪
腾出那只搀挽我的手
双臂夹紧属于你的自由
而我会留在原地试着找回自己
若有风持续叩击你的门窗
相信它也刚抚慰我的孤独

好了，准备好赶路吧
前路会有星月常伴
见证你我从歧路向生活腹地进发的影子
请在所有溪流边洗去愁尘
并记着留下笑脸
请向路边紫色蒲公英坦陈心迹
它会先帮你清洗伤口
誓死捍卫你的秘密
为你点亮寻爱的长明灯

或许命运仍会安排我们相逢
不奢望像朋友那样寒暄握手
只要别轻易松开揪紧梦想的手
请谨记，背过身后再让泪水流出来
我怕自己心肠太软
容易回头

2015-6-21

# 蝴蝶的眼泪

三更起风时我哭了
那时正梦到蝴蝶流泪
它们穿戴四季的繁华
唇缘却蘸染浓墨
对我不停讲出黑色的预言

自那个秋天起我开始怀疑生活
重新丈量与梦想的距离
作无法参悟的诗
自秋天的末端起背对太阳
惧怕黑夜
初冬的蛐蛐儿谱写暗讽成为风气

坏的事物莫名其妙地肇始
好的早早或草草结束
笔尖不再光滑
愤怒的火药泛潮
我不能怪罪那蝴蝶
即使它们把唇缘蘸满浓墨
即使它们讲出黑色的预言

2015-1-22

# 失眠咒语

失眠已从初春开始
清点完羊群
再强迫自己分解梨花绽开的步骤

盼望阳光收拾夜色稀碎的窗台
好赶赴河畔解冻的山梁
那里梧桐花即将开放
风正从高处解救柳枝的新娘
灰雀鸟为油菜歌唱山脊
蜂农沿白鹤的翼迹自南方归来

我们共同为古老的承诺折叠生活
为忽远忽近的自由转换生机
我们不放过一丝美好，为春天
强颜欢笑

2015-3-17

# Who ？ 湖

一场大雨之后
村南的湖水上涨了几公分
汲水的牲口不关心雾锁的湖面
只是往后退了一步
算不上认输
鱼群娴熟地处理放大后的邻里关系
偶尔到水面纺织完整的花纹
村庄与湖岸的关系紧张起来
星夜挑水的人屡次踩断蛙声
绿漆剥落的木舟重新吃水
走水路赶对岸的集会省却两袋烟功夫
回避邻村恩怨未了的恶狗争鸣
掌舵的老者又少了一颗门牙
再啃不动集市上王老六的猪蹄
眼已昏花
仍在找寻码头上铁匠的独生闺女
奚骂夹杂着笑浪陆续登岸

雨季早已过去
时间丢弃了注水的溪流
村落再无法从季节深处苏醒
古老的闪光从网眼里错漏

撒网的手更像告别

持久的旱季紧随丰饶来临

败退的水岸守望枯黄的蛮荒

码头抛锚多年

铁匠歇业

再无人从远方赶来祭奠

苍鹰自高处投掷赢弱的影子

鱼群失踪

村庄继续着衰弱

就算时光某天找回生动的湖水

Who，能唤回那些乘船的人

2015-7-16

# 撒旦诗篇

对魔鬼的充分认识能够有效地抵制它。

———奥康纳

一

他有时会在水中
向太阳吐歹毒的水泡
他不食水草，游鱼
只舐舐牧羊女汲水时的倒影
到春天，他设法毒死她疼爱的羔羊
并趁其悲伤的黄昏
自远方送来卑微的爱情

二

隐去人形他多半为乌鸦
潜伏在必经之路上
黑瞳孔装不下同情的泪水
他甚至不小心道破你的姓名
出村收割的人收起喜悦，看紧镰刀
一路思量这丰收的细节里
究竟潜藏了何种阴险

三

平原夜空里他与闪电同行
如果闻不到雷声
踏不实雨水洗刷的大地
这是他正为你搭建失语的梦境
你只能祈祷熟识的那匹白马
挣脱他处心布下的瘴雾和雨阵
高举白色火焰从异乡奔来搭救

四

乡间最接近他灵魂的是花蛇
它甚至往空气里投掷尖叉
冷血的目光从不留死角
从对视那刻起查人的头发
你要把头发抓乱，绕最复杂的路
最好再来场雨帮你抹掉脚印
否则……

五

他擅长于伪装我们的称谓
在我们的姓氏前面筑起至高的荣耀或权力
他一直冷笑着看你在台上表演

捂住嘴巴看你在暗处醉心贪婪
你计划摘下最高枝头的蜜果时
他会撤掉你的梯子
碾碎你用来修饰姓氏的坚硬称谓
看你在暗处模仿往昔
在墙角偷窥你详陈自己的贪婪

# 天使之一：我在午夜醒来

我在午夜醒来
坚守狭窄的石筑码头
我不骑马，不在意远方
用剩余的力气颂赞孤独
在河流转弯处凝望星空

我尽量做些正确的事情
黎明到来之前
祈祷风能鼓起所有昆虫的翅膀

我是否还有未了心事
船已停靠，马匹归栏
布谷鸟会在麦收后止住不哭
我开始留意时间，试着相信永恒
亲人们在入秋前搋起悲伤

我无法像蜂鸟贴水面飞行
却频繁来河边练习微笑
黑夜再次收网前
祈祷游鱼顺利随流入海

2015-6-6

# 天使之二：猎人的弓箭

野百合开遍山冈
狩猎人隐匿林间沟壑
风从山涧赶来围猎
风声，时紧时松
马匹竖耳触及某种暗谕
前蹄捣地
围绕着急促的不安打转

我在退路不通的暗处躲藏
斗胆对抗猎人却不见了翅膀
猫头鹰的披风掠过树梢
随时被枝叶出卖
谁该来收住这番梦的缰绳

原打算来此奏笛弹琴
或者闭目闻风，就溪煮茶
不打算久居此地
我不需要领地和赏金
常年流浪不曾骄横树敌
不攀附不为官
顶多削竹为笛换茶钱

我打探夜空却从不勘查退路
就算云影幻化成漂移的战车
就算我仍能轻易使唤星辰
也没想过反击
那些善良的马匹已用鼻息示警
猎人的弓箭不会无故射穿同类
那暗中，他们受谁指使

2015-8-1

# 天使之三：乌云与火把

我仍未死去
尽管从成年后某个夏夜就开始预谋
河流在我额前流淌
粼粼波光点亮一切萎靡
苍鹰剑翅斜插地面
应是又有人暴毙荒野
他们加入黑夜里猫头鹰的方阵
再无恐惧
用一眼不眨的冷峻
猎食我所剩无几的苦楚

我仍未死去
为此我遍查河汊沟渠
夏日里芦苇茂密百花繁复
星光下充斥聒噪的邻居
我厌倦潮湿的一切
也悲伤深秋的凋零
我无惧死亡
也会计较枯木上歹毒的乌鸦

夕阳西下了
逐渐远去的温暖

神啊，尽管我不确定你是真的存在
若我死在白日
请将我变成一团乌云
若我死在黑夜
请将我变成一支火把

2017-11-20

# 夏夜

滚雷之前约十秒
闪电提前抽出银质鞭子
那个著名的瘦子打起响指
把云团呜咽的夏夜贩往南方
从哪一阵雷声里剥离愤怒
从分行的水里解读出诗

我和孩子们在屋檐下收起雨具
很害怕的样子
我给他们讲解雷电课程
用神话复述科学
缓解他们想象中的恐惧
我从小学会不在闪电时看人的脸
魔鬼的模样
这一点，我不打算跟他们分享

在时间的圭臬里
闪电远比雷鸣进取
它们盛放在天空的器皿中
追逐嬉戏
紧紧围绕着我的童年
它们每次都打翻容器

以致大雨倾盆
我在大地或山谷奋力行走
皱起眉头，接纳分行的水
为首诗，跑遍一个又一个夏天

2015-8-18

# 小暑

小暑这天竟遇惊风雷电

夏日开始试穿秋衫

阳台上残雨沾满蛙声

父亲的呓语断断续续

盘旋在某个梦里不愿离去

我在无聊的电视节目里逗留

和深夜持续对峙

被某个结局难料的梦收留之前

我须备足险恶的剧情

小暑过后仍有许多酷热的夏日

需要强制储存额外的热情

准备跟生活长期拉锯

争取触发时间真相前与之和解

2015-7-3

# 炎夏逃离计划

蝉在树梢念经打坐
每个夏日打磨得尖利锃亮
期待已久的雨仍未生成
去水塘登上高塔
天空无风无云
是谁在远处摇晃黏稠的空气
从塔顶跃进水塘的过程
少年努力模仿着自由
到另一个世界去
那里疾风凉爽
有绿荫头脚缠绕
时间是液体的
每前行一步都是曼妙的流浪
塘底是水草和杂鱼的世界
鱼类爱试穿淤泥里的脚印
他们共同期待暴雨来临
那时激流会漫过塘堰
携带他们避开沸腾的夏日
再用泥沙滤掉尖刻的蝉经
他们告别高塔
顺村外的河流直奔海洋

2015-7-10

# 归来

黑夜悄然降临
月亮正圆的时机未到
桅杆指向黄金散尽的云际

那里一切安好
岸上危险的土地正金桂盛开
浓香推开一扇扇凝露的窗户

在团圆日子追忆某次远行
是不道德的
那个潮湿阴郁的陌生河岸
困住我的半生却是事实

远行，消解不了积郁
归来，我们围坐孤独的火堆
饮酒，互道背离现实的心事
哭泣，为远去的祖先举杯庆贺

2015-10-5

# 秋末复古

冷月光寄养枝头
风，日渐凌厉
就放逐郊外
掩上门窗
挑拨煤油和灯盏
身影在暗处修长却陌生

我爱这秋尽处的世界
爱喧嚣后孤独那露骨的温暖
爱星光点不亮的苍穹
爱祖先馈赠的笨拙奔跑
始终相信能看到宏大的光芒

我在诸多缺憾里狂奔
在被长矛短剑遗忘的日子
挂好盔甲，焚烧经集
与镰刀、粮食重修旧好
在破窗残瓦筑起的藏身地
狩猎寒冬，畅想英雄辈出的时代

我爱那被爱恨点燃的人间
爱世代人叠高的道德藩篱

无须夜色掩饰行踪
用仅剩的力量信奉光明
用寂寥的死亡洗礼来生

2015-10-20

# 冬天近了

在新的一页揭开之前
我们都是掩卷沉思者
黄土之巅战栗的树倒了
一棵紧接着一棵
野风摇动着苍茫的天空
饥饿的大鸟盘旋在头顶
等待着我们中倒下的一个
跟树一样倒下的一个
沉闷钝响

在灰暗成长为主流之后
我们争做时代叛逃者
南山上的苹果熟透了
遥望着梦想不愿坠落
歌声不再嘹亮
眼中的世界布满艰涩
谁都不比谁更执着
面对着春天无人愿意是花朵
冬天近了

2000-10-3

# 穿越芦苇荡以回归自己

你无须把握时间宏大又空洞的寓意
几乎同一片星空下
灰石浸淫巨大的激荡，远远地
从山冈滚落
而羊群偏离了山坡
响亮的鞭梢扬起美丽的疼痛
此刻正悬停空中
布谷鸟随季节归来，满怀善意
提醒谷物与炊烟，那么
你确信自己需要个狂野人生？
在没有星光的城市，与陌生人
互赠阴暗？在豢养四季的地方
你何时能捧出一束沾雨的生命之花
献给你信赖的人？
我们都要平静下来
试着穿越芦苇荡以回归自己
回归随河水远逝永不闪光的刻度

2017-5-11

# 大雨将至

我枯坐圆形麦场的马车
晚霞在乌云背后掩藏光芒
汗湿的人们含有擦不尽的泪水
他们从黑暗的森林赶来
祈祷声此起彼伏
残缺的稻草人倾倒田野
蜻蜓和飞燕被押回地表

大雨将至
我不打算退避
任灵魂与躯体间多余的激情
安放即将倾泻的漫天雨水

我仍枯坐圆形麦场的马车上
游走黑森林的边缘
召唤的雷声从天而降
时机即将成熟
我要摒弃父辈遗留的马车
沿着雨水攀上云霄
雨水尽头是无限光明
那里有我另一个明亮的早晨
被窝里不再有潮湿的草屑

粮仓殷实没一粒发霉的粮食
我的每一步都不再关乎命运
更无须祈祷
舒缓的乐章自四面八方传来
陌生人之间真诚微笑着拥抱
我们都在自己的方向恣意奔走
大雨再不会不期而至

2017-7-6

# 夜

睡眠的鱼再次脱钩
浓夜正加速沉潜
村外池塘里蛙声凌乱
东南风正扑向麦田
我不打算推开木窗
更不打量别人的梦
院里的石磨正凝结露水
天亮后
会有只公鸡踩在上面
占据光明的制高点

2016-5-24

# 梦境

一低头就看到那个梦
祖先和他的自制马车

他的马本应在草原上
沿琴弦一样锋利的马道奔驰
驮负萧萧岁月与猎猎旌旗
载回英雄的爱情与闪电
还应有他的忠犬
循着蹄尘步步跟随

我的祖先牵马走过泛滥后的河岸
他在后面十里饮下自己的狗血
翻过眼前的二里坡
再吃掉最后一块狗肉
哀叹上系着茫茫前程
我的祖先压住腹内鸣叫的基因
最后一遍捋顺马鬃

前方夕阳似血

2016-11-21

# 蓬眉

花开时间不在三月
钟声响起不在黄昏
布道者自对岸赶来
蓬眉染霜，裤脚冰寒
灵魂交给上帝的人
会去上帝不常去的地方
雪未住就上路
征程未明斩归程
体内的盐和体外的口袋都看好
在未及覆雪的岩石上短祷

松枝在原野腐烂
新堤落成
杨柳数里不见
一棵刺槐倚山斜生
几个时辰后雪崩将阻断道路
时针积雪仍如刺般锋利
割破村庄稀疏的祈祷声
蓬眉先生，我虽无信奉
望你别再等什么人
别指望他们瘦弱的灵魂
你不该来这杀生成风的偏壤

2016-12-9

# 文明

没有崇山峻岭
没有庙宇祠堂
就寻一块石头坚强祈祷
在靠近水的地方
更容易看清灵魂
水蓼在岸边镶嵌旁白
黄花喜见自己碎倒水面的模样
水草勉强拉拽自己挣往下游的影子
任意切下地球一小块地方
文明每天都这样对比鲜明

2017-2-28

# 追捕者

不经意间
被枯叶卷走一整年时间
照片的背景都收好
丰腴的山陵
残缺的河谷
收好一成不变的麻木神情

不想成为潜逃者
追捕也如期展开

时间撒出金雕的眼睛
它们从云层俯冲
先啄去头发以削减你的海拔
最后分食影子
另一世界对称存在的标记
一一抹去

名字迅速从人们嘴边坠落
其速度不亚于石碑上的陨落
一切都在不经意间
正常得不值当深究
像个笑话

2017-3-1

# 不在自己村庄里忧伤

# 小院烟火

残破的红砖小院
反锁的旧时光
母亲辫梳的玉米串倒悬檐下
深嵌时间的生锈铁钩坚韧而温暖
陈年的记忆摇晃秋末的夕阳

一把锁据守住光阴
腐烂的门内是我隐秘的庄园
暗语，藏在书房角落的灰尘里
用温度适中的语气，轻嘘
童年便纷至沓来

一墙之外，烟熏的厨房，
是病情加重的口吃患者
吞食芜杂柴火后
冰冷的灶台重吐生硬的火焰
铁锁囚不住，小院升腾的烟火
与秋尽处的烟雾交媾、混合
逃脱迷离的人世间

2013-12-14 于郑州

# 旧宅门外

晚霞将尽时沿老城墙出行
星辰着手叙述苍穹旧事
一场山火还在天边蔓延

五月的夏夜蛙声自河岸响起
在某个陌生的宅前驻足
生锈的门环抱紧冷峻的铁
浅色的蔷薇蔓出残墙
蜻蜓搭乘最后的光线返回深宅
某种不安随寂静悄然靠近

你试着想象远去的那个喧嚣年代
深宅里忧郁的女主人
绣花的浅色旗袍
线装的竖版典籍
稀缺的高档自行车
宅院的女主人应早随时光远行
车铃声凋落在日渐消瘦的街巷
她不止一次在窗边轻盈转身
烛光点亮她柔滑的额头
她也许在静候最后的船票
优雅的漂泊

是时代之外对命运的再次放逐
窗外的月光擎起另一种黑暗
她如今可能倚在船舷驶离某个码头
汽笛声弱却紧拽下个港口
她的旧院仍然四季分明
院外的护城河时不时仍有蛙声

一切明亮的事物终将灰暗
记忆也不能幸免
燃尽信笺的火盆冷却
灰烬与命运并肩走远
留下门缝外偷窥的人独自感慨

2017-6-27

# 高速向日葵

你本应避开大路，逃离一切金属
在花园或者遥远的山地
以花朵的姿态修筑坚果
以追随者的角色纪念时间

你在日暮时分低头追忆
祈祷明媚的时日持续到秋末
跟唇红齿白的人袒露饱满心事

疾速的车辆企图甩掉时间
节日旗帜上挂满紊乱的风
此刻，太阳修剪你忽长忽短的影子
愤怒的马达在你额头弹琴
跳跃的石子往你腰间佩刀
你在等待无法停留的人们

你不可能在等我
我缺乏梵·高的浪荡不凡
更没想过从你那贩来瑰丽的一生
我只有虚妄破漏的命运
我不识清风舞动的神意
悟不透转瞬即逝的禅

更不奢望用一只耳朵听懂世界

我只是会在宽广的道路上迷惘
在欢喜的人群中孤独

你从我的后视镜里消失
便盯紧了我残破的梦境
我坚信你有话要讲
我每每把阳光顶到头上
便听到白昼的挽歌奏响
我会从平凡日子里打捞激情
力争弄懂万千花朵的言语
像你一样，每天自己升起太阳

2015-9-8

# 孤独与可耻

月光如此皎洁
我已成功隐身
麦垛掩藏在自己巨大的暗影里
夏虫嘶鸣像惊恐的马群
我看见星辰寂寥
季风轻拂我细小的体毛

已过去太久
我制造出田鼠或者青蛙那种声响
后来干脆毫不掩饰地咳嗽
被拆穿也是一种回馈
我等得有些怕
许多窸窸窣窣的声音靠近我
脖子开始发痒
我自己跳出来吧
大声宣布这场属于我的胜利
空荡荡的麦场勒紧我的影子
我被孤独和可耻联手绑架

余生里
无论躲在多深的城际或者乡间
总被它们第一时间捉捕

2016-9-26

# 在一场大雨中回到家乡

在一场大雨中回到家乡
端起大碗喝酒
极力缅怀祖先
面朝着黄河水
高声道出心窝里的话

在一场大雨中回到家乡
柳树仍然原地待命
在村口奶奶站过的地方
给我的兄弟姐妹清晰的方向
风走走停停

不能继续犹豫了
趁还能感受到音容笑貌
回家乡
准确地认出自己的奶奶

2012-11-18

# 老院随想

再次被麻雀闹醒是幸福的
这不是多年前的清晨
槐树粗壮了不少
落叶仍被早起的父亲扫净
记忆伪装成雾气从村外赶来
化身在叶尖躲闪的露水
那时院里散养着饥饿的猪羊鸡鸭
长不熟果蔬
茅草骑着屋脊摇晃青瓦
筑墙的淤泥尚未进化成红砖
院墙低矮
甚至阻隔不住邻居一句闲话

可那时我们是幸福的
灶台里能冒出幸福的青烟
夏天的树林里铺着幸福的凉席
老人讲身边人遥远的过去
那些杳无音信的苦难加重我们的幸福
爬上最高的杨树藐视屋顶是幸福的
如今的屋顶轻松越过树木
却无法俯瞰昔日近邻

那时我们是幸福的
从河里捞起鲤鱼是幸福的
炖煮的荤腥打发全村人幸福的鼻子
徒步二十里赶集是幸福的
摸黑去外村看露天电影也是幸福的
经过坟地可以看到飞行的磷火
能感到恐惧的人是真正幸福的
不知，那些埋进土里的邻居
是否仍封存着那些幸福

2015-9-10

# 月光与麦芒

麦芒轻挽着月光
河流在前方云稠处转弯
淡然远离丰收
我选择收割前夜回乡
站上堤下河唯一的石桥
试图收拾日渐下坠的记忆与蛙声
年少时害怕一个人走上石桥
牲口也需要在桥头蒙上眼睛
不知那些胆怯丢在了哪里
我思忖着反复过桥
有几次居然闭上了眼睛

麦芒轻挽着月光
先人的坟茔像孤岛
在麦浪里涤荡自己暗沉的影子
他们已无力去远方
我选择在收割前夜归乡
本不计较粮食
何时起怀疑出走前的幻象
那些俯冲的誓言和志向怎会失速
我思忖着在先人坟前蹲下来
手上竟冒出挥镰的动作

2015-5-31

# 二舅的拖拉机

二舅是出了名的硬骨头
凭锄头与螺丝刀的交互作用，将
三分之二的子女送进大学校门
最危险的是岁月不是空中作业
年老的二舅被逐出工地
他迎着骄阳重拾锄头
却被尊严与开销挤入墙角
二舅婉拒名目繁多的援手
花光积蓄从城里买回辆拖拉机

二舅的拖拉机精确驶入农闲的缝隙
穿越田垄断行处的公路与村庄
巧妙地躲避鲁豫交界的盘查与刁难
碾碎东明黄河大桥上的露珠与乱风
满载六千八百块山东泥土化身的红砖
嵌入河南新建的墙基里，二舅
每次获利三百三十六元
硬骨头的二舅把砖钳舞成弓箭
他敲碎疲惫，踩低油门
躲开晨雾与暗夜的纠缠
将餐桌简化成骨瘦如柴的方向盘
省略了无名指被红砖夹断的疼痛

对姥姥与二妗心疼的泪水视而不见
仰天笑笑将我们的劝阻一笔带过
二舅几近疯狂地装卸，也许他在梦里
拖拉机已载他无限接近昔日荣光

清明节前的麦苗没鸦，田畴湿滑
二舅和拖拉机都没出门
他终于在丰盛的餐桌前安坐下来
用完好的左手生硬地夹菜
另一只刻意下潜
我端起满溢的泪水和白酒
二舅笑着说：拖拉机春后就卖，
上面要搞新农村建设，没人再买砖翻盖旧房。

说完，他的泪水抢先一步滚落酒杯中

2014-4-4 清晨

# 家书

父亲的笔是别在腰间的铜烟袋
字像家门口歪长的洋槐树
父亲来信了
那是我盼望已久的八十三个字的家书

父亲说今秋又是大丰收
麦子种完了
别忘了回家过年
这是我生命故事的开端
我漂行在远方

父亲说母亲还是老样子
听不得老鸹叫
害怕眼皮跳
最后他说　天凉了

2000-10-20

# 以往

那时候的秋天
裹在烟雾里
爹捋着衣裤拿着大海碗
喝着高粱酒　醉卧牛脚下

那时候的爹
壮得像头牛
吼着大嗓门　撑起小木舟
高唱黄河谣　捞出大鲤鱼

当然，那都是以往

2000-9-13

# 青牛，我的兄弟

它仅靠犁头活着
丢弃犁枷再无生存的理由
这是爹的逻辑
我知道这逻辑适合其他人

青牛是我的兄弟
我们同在爹的牛鞭下生活
我嚼碎印有他蹄痕的每粒粮食
我们感情深厚
均把理想埋植黄昏的土壤

我认定爹是个混蛋
我和青牛都无法逾越的
山一样大的混蛋
那只是因为还在小时候

无数次梦中负荷远行
透过远山总看到
雾水交织正如爹的表情
山水汇融的地方并无半点风景

爹终于远去
那天黄昏弥漫
爹的手第一次在浑浊的气体中打捞
他的手不再握有
那柄长我八尺的牛鞭
放弃是种无奈
是拾起的最新诠释
爹曾教诲我永不放弃
我摇头不懂
背上一鞭

我是爹青牛外唯一的财产
除了我他没留下任何痕迹
我赤裸上身
露出枯山一样的肋骨
我牵着青牛抽起响鞭
训斥着儿子一天天老去

2000-7-25

# 抽烟的父亲

风从树林里溢出
石磨盘踞在院子里抑扬吟唱
父亲埋头磨着铁镰
我趴在暖暖的窗里眺望
可童年的记忆里没有远方
镰刀锈了磨　磨了又锈……

雨雪埋没了好多日子
青檐与褐发共迎着冰霜
父亲的油灯红着眼期盼天亮
我扶着梦境步行他乡
成人后家就落在了相反的方向
时间太久父亲早把自己遗忘
烟熄了又点　点了又熄

2000-12-5

# 战斗的母亲

每当深夜放出星辰
城市流露出狰狞的静
时间便悬吊在水龙头下
等量跌落锅盆布置的陷阱
这是母亲对抗城市生活的新伎俩
睡眠中母亲肯定记挂着乡下
也可能正被某个难缠的梦境围困
在我看来，她一生都处于
胜算不大的战斗中

她从田坎上解救了我
固执地把我反锁在文字里
她至今看不懂城里的路名
却侥幸帮我找出渺茫的人生路

她在除我之外的日子里精打细算
在乡下做起时常亏本的小买卖
她不会背诵最基本的乘法口诀
却教我解出人生分值最重的题目：
抗争的汗水蘸着能吃和不能吃的亏，
再减去可有可无的运气，
最后乘以时时刻刻的志气。

我在城市里继承了她的战斗力
忽略了种植、粮食和她时常问及的节气
天一亮，要和她并肩战斗
重新关注她梦里关注的东西

2015-7-10

# 麦田里的守卫者

我永远记得那些夜晚
那萤火虫点不亮的黑夜
麦田在风中吟唱粮食
猫头鹰在树梢静待鬼魅
少年趁余晖埋伏村外草房

夏夜星光黯淡
他抱紧自己生锈的铸刀
留意草丛里细小的威胁
他的敌人来自遥远的想象
他能感到风里有骡马擦过村庄
他相信天空驻扎着众神，只是沉默
便足以震慑凡间
他的刀无须斩落任何头颅
怎奈身处敬畏诸多的年纪

田埂尽头的河边
青蛙无谓抵抗花蛇投出的叉子
身下干草松软他却无法成眠
他清楚梦无法载他驶离危境
梦里他有更多需要护卫的事物
他嗅得出虫鸣蛙嘶里的宽慰

从萤火虫的微光里放大光明
他听得见有露水匍匐麦田
昆虫们正从他手里抢救口粮

他期待黎明，
那时会有熟悉的脚步前来搭救
回村时他会被无故露湿裤管
他英雄般向人群致意
然后，绕道最偏远的残桥
提着锈刀过河

成年后远走他乡
他仍被那些古老的假想敌羁绊
岁月仍会弄湿他不断加长的裤管
他一次次从梦中抹去敌人姓名
从麦田里醒来，遥望他加速衰老的村庄
这时，他早摒弃了手里的锈刀
敌人却从四面八方涌来

2015-5-25

# 坟下

## ——祭外公


他选择与一棵树为邻
旁边是些不知名的草
左侧是秋天将尽时的晚霞
右面是妈妈鼻孔里滴出的眼泪
我知道我们都将如此
只是能带走多少人或者是什么人的眼泪
这就是区别，也是目的？


他一直顽强，健硕
留下了六个儿女
仅以失去三根手指的代价
他用剩余的七根在旭日东侧
与一行茅草结为兄弟
与羊群骠马同行
细数每一棵火红的高粱


我知道从村口往西数三万多步
还有一个世界
那里也有我们　没有眼泪


2012-4-10

# 乡村魔术师

他站在哪里哪里就是舞台
长衫肥大，遮蔽庙门
香火几日中断

从帽子里取出消失已久的鸽子
袖中藏着火焰
他掌握胡萝卜变幻的黑魔法
他沿村民最细的神经阔步行走
直至众人看见云层里的马群，以及
丛林里猫头鹰的新娘
高潮应声而起

他把穿紧身衣的女儿锁进漆木箱
秒针就走得慢了
没人见她说过话
箱子载着的分明是个玲珑的哑巴
深秋的枯黄映衬她眼角的浓妆
魔术师郑重地给箱子插短刀
对生活的苦楚下毒手，最后
他的女儿却从庙里完整走出
她仍不说话，不笑，也从不反抗
每个人都与生活为仇，似乎

她的仇恨并不来自她的父亲
也不被那囚笼和刀子困扰
村民多为她慷慨解囊

魔术师也须借助马车借风前来
再沿大雁的轨迹南去
只有他和那些傻子们才敢在庙里
点火不焚香
木灰是装死的火焰
魔术师的话题蔓延过整个冬天
听说哑巴不是他的女儿
听说哑巴根本不是哑巴
哑巴是他为保守秘密对她舌头施了魔法
听说这魔法他用锋利的短刀完成
听说紧身衣是哑巴唯一的衣物
漆木箱是她穿戴整齐的唯一理由
魔术师究竟给村里施了什么魔法
让村民的想象如此毒辣

2015-11-4

# 冬至

太阳手执黑暗的钝剑
在阳台或柏油路面磨出刺眼的光
落单的白天鹅
擦拭霜解的湖畔
栾树提着枯灯笼分立瑟瑟的堤岸
风在郊外反复提醒它的乘客
越过冬至这一站
它的敞篷车行将驶入隆冬

母亲是这个季节的老乘客
天亮前包扎好她阳台上的罐装土壤
一盆大蒜已生出嫩黄芽孢
她的睡眠被光阴克扣了粮饷
瘦弱得仅够梦见
已故姥爷牧羊的铜铃铛，和老家
三姨未及盖严的白菜窖

父亲也是即将到站的乘客
他早早来到校门口等孙子
他一路咒骂放晴的冬至
计较今冬欠他的一场雪
未覆盖他乡下滩地里的八亩麦

暖洋洋的冬至让孙子一脸疑惑
这位小乘客尚无法参悟
暖冬阳光袖藏了什么暗器

2015-1-22 于郑州

# 天台农桑

母亲收拾完子孙的餐桌
就开始打点她剩余的光阴
她乘电梯抵达天台
那里有她浓缩的土地
循二十四节气顺藤摸瓜
找回她城里为数不多的擅长

她一次次登上天台
察看风向，祈求雨露
北风近了就将众土箱移回室内
打了春，蒙膜育苗
清明后，开箱施肥
她残破的身体在天台转换出生机

和乡下时一样
她耻于串门，闲逛，打牌
和死在拉粪途中的姥爷一样
不懂得老年时光是用来浪费的

她不识字
却可以参透日月参辰
她天台上的时间条理清楚

蔬菜瓜果各有时令
接送孙子却需精确得多
错过时辰是常有的事
看着我们在城里的餐桌上，咽下
她刚采摘的蔬菜
她就微微扬起嘴角，咽下
子孙们新近栽下的怨艾

2016-5-30

## 清明帖

清明我再次归乡
熟悉又陌生的村镇
麦苗自记忆深处一路唠叨至村口
跨过最后一座石桥
炊烟舞弄旭辉
旧车站不见了，等车的你
也不见了
那个高高的土堆仍在
与堆顶那片多次收留我的柳荫
编写村庄多年来的损益表

记得在坡顶远远就望到你
你出村总有家人护送
我若无其事站在土堆上
东南风从麦田横扫公路
从背后撩起你白色裙摆及乌黑发梢
你是否注意到我从高处俯冲而下
我每次都穿精心浆洗过的衣服
你骑自行车的样子那么骄傲
我远远跟在你们后面吹奏柳笛
幻想和你一起长大的样子

现在真的长大了
同当年一样，仍时不时感到忧伤
再次在土堆前停下
看能否再次遇见你出村口
看你能否也跟我一样从远方归来
来祭奠曾护送过我们青春的人

其实，我们在清明这一天
并不等待任何人

2016-6-12

# 那一年的灾荒

再丑陋的人也应有阳光照在身上
从干枯的河道背风缓慢通过
避开满天星光追索
他们向另一个徒劳的清晨走去
杨树是乡野加速衰老的火焰
吸满腐烂气息后
吞食黄昏的烟将席卷往昔
下个村镇也是漆黑的
柴扉虚掩无狗吠
有人在天边招手
我们又将失去挥舞旗帜的亲人

2016-12-29

# 回头路

我们攀上医院后面的土丘
剥落的铁和腐朽的木质标杆上
废弃的公园在梧桐下加速老去
阳光是落花里的隐士
懒洋洋平躺在娘的皱纹边沿
娘迎风熨烫着过往
身后的病房里大夫加紧调试机器
稍后她会平静躺下
等待一道救援的光扫过她染霜的头骨
以找出危及她记忆的真凶
那些苦难记忆多半悬挂在死亡线上
我仍祈祷她能奋力保存
就像脚下不断沉落的公园
不管容纳过多少沧桑仍擎起希望
我继承了她的躯体，正等着继承那些记忆
我也会建座路径曲折的花园安放
任花园随四季和岁月兴衰
起码像娘那样，即使迷了路
尚有回头路可走

2015-4-21

# 一次别离

城市上空多出的鸟群
映射街边脱色的繁盛
寒意正逼近滚烫的城市

忧愁的人群，望向
颤抖的晨钟暮鼓
没有亲爱的人自远方归来
不明白原地打转的陀螺
和原地打转的天体
相隔多少光年的意义

该启程了
至少加入一路向南的雁阵
感受变化的温度和风尘
感受征途里的别离与陌生
感受另一个人
渐渐远去的脚步

最后一遍打量自己
记清眉梢到裤脚的每条褶皱
出发前关紧门窗
切断电源、电话等一切线索

伪造仍会归来的假象

锁孔外秋风细雨
碎叶遍地看不出什么诗意
薄雾攀树枝贴近屋檐
克服回头的毛病，不打伞
再多一步就逃出惯常的包围圈
前方星野无际
尽量抄迷离交错的小道
遇水横舟
跟陌生人打探陌生的自己

2016-11-4

# 书房

书架上海螺仍回响那年的大海
沙滩上海浪洗刷孩子们的微笑
他们在贝壳表面探寻恐惧
我在书房探寻恐惧的缘由

台灯已久未擦拭
灰尘永远无法阻止光芒
它帮我掀起黑夜的一角
我从陈列的缝隙中不倦找寻

旺盛的绿植呆立在书柜附近
肥硕的叶片爱在书页上投下好奇的影子
在我看来，它的生长何等盲目
在它看来，我的探寻何等徒劳

我们在书房的叠加，真像人生

2016-12-29

# 小四十

在四十岁的站台上
好多事不敢再展望
祸福相抵
该来的都来了
没来是命里缺的
该走不该走的人陆续启程
日历不断记下黑色哀号

四十岁，孩子们都大了
与你平行讨论问题
无论身高还是思维
简单的问题他们都交给手机
百度不出答案的你也无从下口
你挠头那刻无须虚伪
尽量杜绝宿命论
任他们用相对宽绰的人生去求解

四十岁是有贼心没贼胆的年龄
意味着某些道路禁行
比如爱情、冒险等深浅不一的词汇
凡事习惯于走正门
再不敢贸然翻墙或从歪道跨跃

除担忧性命
更介意积攒多年的名声

四十岁更能体会父母言行
比如秋风一凉也穿较厚衣物
月下赶路也开始关注自己的影子
睡眠也会被频繁打断或无端扣减
也会三更天无端惊醒
加入父母的队列
率先闻听他人的呼噜声

四十岁，身体才真正能检验检疫
比如疼痛、疲劳、酒精、荣誉
时钟走得更快
四十岁记忆开始紊乱，串连
新的无法及时存储
旧的正试图弯道超车
有时白日做梦，有时在梦里醒着

2016-12-21

# 诗稿写在心电图上的象征意义

在诊断室外的长凳上聆讯
时间在分秒流逝
心电图上的心跳形迹可疑
我在背面为几个句子不断涂改
灵魂与肉体如此贴近
却不再贴切如初

2017-3-21

## 真正的难点

我决定打今天起拿笔写信
像二十年前那样
去书店采买带格信纸估计颇费周折
付钱时陌生中会略带羞赧
像归还拖欠多年的一笔款项
以龟速书写，提笔忘字都可以克服
重新找回去往邮局的路可以百度
在牛皮纸信封上粘邮票八成手生
也有许多故交停留在某个远方地址上
真正的难点在于找不到合适的回信人
在书信上，我们已绝交多年

2017-2-26

## 2016

再放两个周末过去
这一年就到了尽头
少数定论的来不及翻盘
多数不确定的仍将继续

这一年收获颇丰
财富基本跑赢了 GDP
家人平安
只是，近不惑之年的事实
时不时会吓自己一跳

年初好不容易改好了几首诗
正反两面来读总觉得差点什么
也红着脸正式存了档
可惜上一年写作预算亏空巨大
日期偷偷标注成 2015 年某日
至于 2016 年
只能寄希望于 2017 年的闰月了

年中因身体不适住了几次院
坦诚的大夫撂下一堆恐吓的话
个别零件损毁程度不等

借助医保均勉强保住
至于戒烟、戒酒、多运动少熬夜的建议
出医院大门就随烟头扔在脑后
我也经常跟朋友说类似的话

孩子们越来越爱说大人话
以前最爱替我从烟盒里拿烟
现在会偷偷把烟藏起来
不知从何时起
下意识隐藏了他们的小名
有时着实为他们的成长高兴
有时也顾虑重重
不为自己渐渐衰老的事实
实难揣摩：他们在我的姓氏后面
究竟能嫁接出怎样一个人生

2017-9-1

# 不在自己村庄里忧伤

## 一

时光就蹲在那块粗石板上
阳光一走远便起来数青苔
茅草早早骑上屋檐
试图解开瓦楞与星星间的方程式
平行的不远处是我最初演习汉字的老学校
加号从那间破教室写到现在
我仍没算出生活这道数学题

## 二

乌鸦的灰翅膀错过了多少好日子
我祖先坟前盗土的真凶另有其人
直到头发灰白我才幡然醒悟：
村庄内外这些黑得不怀好意的家伙，
一直忙于盗走黎明前的黑，以及
夕阳西下前的白
否则，它们怎能躲过时间追捕鲜活依旧？

三

时间正一步步走向自己的深渊
我沿着村西那条路进村时发现
曾经是怀疑驱使我出走
以为带足了粮食和文字
现在又是怀疑驱使我回来
两手空着
计算离村后一路迷失的时光

四

说不清池塘涸于何年何月
群鱼盗窃村妇梳子一案扑朔迷离
塘边垂柳就栽在梦的边沿
一次次帮我打开村庄的入口
再没有温暖的淤泥值得回味
尽管我的脚一直沉陷在异乡泥沼里

五

我曾在秋后把羊群赶上避水台
枯草萎靡泥土松软源于季节恩赐
各家晾晒的谷物、红薯干大同小异
却边界清晰，像针脚凌乱的鳞甲

我看到风与云正从空中往南方逃遁
常担心披着如此盔甲的避水台
能否抵御今年的寒冬

六

所有企图进出村庄的水
均需挖空涵洞长长的心思
我趁洪流拍马远去的旱季摸进去
盗走由蟾蜍及乱蛇看护的火头鱼
发现它围困着大批乌黑的时间和悬浮声响
它自此展开报复
把我成年前的梦境反复拖入淤泥
把已被时间遗忘的祖奶奶也带离人间
　（祖奶奶被积攒了九十六年的心事缠乱
她来自山西先天缺水的某地
自杀前，她清楚村里机井被填埋后
涵洞是唯一有水且致命的地方）

七

水渠是通往天国的最后一段路程
假如没有天国
它就通往我们的麦田
梧桐树就栽在水渠边
不开花的季节

也会有乌鸦停在上面
也会有预言环伺村庄

## 八

狂风在回收用旧的树叶
最后的绿退隐村后
黄叶像害怕什么却无处躲藏
麦苗试图粉饰日渐萧索的初冬
时间把曾丰盛的村庄伪装为萧索
太阳开始歪歪斜斜靠在天边
扶正它要等一个名叫春天的村民赶来

## 九

那些从郊外回村的人
试图用锄头带回什么人的记忆
他们自知什么都无法带回
连同那些不识路途的风
整个八月都星光黯淡
可我
不愿意在自己村庄里充满忧伤

2014-10-23 至 11-13 于郑州

# 渡　口

# 渡口

天仍未亮透
不用怀疑，这又是一个时间渡口
多数时候我无法预料
有什么特别的事会发生在这一刻
比如一滴浓墨正沉入清潭
一枚黄叶从天而降，最终
消弭于瘦弱荒芜的行囊
我习惯于无动于衷
默默启程
如同空中星盏随时解缆而牧

也包括常年远行的人
他们拜别熟悉也陌生的地方
转身赶往下一个渡口
熟透的柿子树为他打开村庄
跨过沉默的石桥便听到欢笑声
缕缕炊烟在树梢轻浮
第一个与你招手的人知道全部秘密
永远装不满的行囊
在下一声狗吠逼近窗棂前，加速
沉入梦的最底部

我注意到野鸭趁大雨上岸

坚硬的土地敞开潮湿的渡口

枝叶间驾车巡游的蜗牛

草尖上亮明身段的蚯蚓

不漫天要价，它们习惯于自由交易

蛙声断货后夕阳被黄昏克扣

夜长昼短

待萧索的初冬抚平四野喧嚣

它们均未曾怀疑过什么

只在渡口间搭就的幕景里缓慢行走

2017-9-27

# 高丽老妪的小院

早上五点　太阳扫进房间
破损的玻璃窗　道出
时光的破绽
窗外熟识的植物
啄食晨光的麻雀　犹如老友
蝉鸣孤寂
拉大了时间的边界
蓝屏的天　云自四周腾起

火山岩装饰的农院
风涤荡老妪晾晒的棉质衣物
大门外的白色货车　停泊
她的远方
见到陌生人后躬身殷笑
皱纹刹那显现
时光也没放过这个高丽老人

2013-8-14 于韩国济州岛

# 所有人的海

地球深处的子孙
植物和海洋的远房表亲
火山岩
从黝黑的炙热深处赶来
像我自泱泱古国根部赶来
像海鸟自太阳的边沿赶来
像蟋蟀自星辰的梦境赶来
像白云自上帝的城堡赶来
海边的集会省却美酒
湛蓝的天空了却心愿

2013-8-15 于济州岛

# 丽江，向上的屋檐

灰石、粉墙、青瓦
顺石级向上清点，会查出
雕花的木制门楼与古雅的影壁
在逼仄里反复转弯　盘旋
绝望前抵达惊喜的迷宫

窗外的古城被现代文明围困
挤压　像衰败的乳房
傍晚的霞光正忙于驱赶团云
巨型云影投靠山脊上
逼急了会来场猝不及防的雨
街巷里的脚步瞬间凌乱
然后挂出和解的大号彩虹
丽江纷纷跃起的屋檐上方
是神的游乐场

灯火，适时拎起古城街巷的暗影
音乐，突然自四面八方翘起
酒精成为音乐的帮凶，
男女们目光毒辣　蠢蠢欲动
轻佻的承诺
在爱情的掩护下顺利突围

压抑已久的心事脱口而出
在假面舞会般的布景里
是非曲直被捋得顺理成章
难以启齿被挤向台角，收窄萎缩
直至，粉饰成默契的眼神
穿插传递

深夜的灯光麻痹
音乐醉倒
石板路上，大石桥头，八角楼下
仍人影穿梭，心事横飞
那条著名的溪水穿城而过
清冽淡然
它来自神居住的雪山
从不愿在人间多停一步

2014-1-17

# 游宋昭陵一

春天即将奏响黄河岸上的柳树时
宋昭陵不动声色
西去京师不足二百里
大宋朝头枕沟壑，举目远眺

四门朱红，紧闭
正后方，十二座嫔妃土墓
以一首东京梦华的节奏依次排开
强弱分明，哪管杂草丛生

谁都将付诸一抔黄土
远不如春天里的嫩柳鹅黄
那般光滑

春色退出门外
又一对情侣
即将携手将爱情放入坟墓

2012-3-25

# 游宋昭陵二

坦率地说，我不清楚谁在这里埋着
更不确定，他们为什么埋着
就像不确定　明天
我将被谁葬往何处

他和他的女人们
千百年前就已定好某种契约
——有序地合葬

我相信他的一生都经过精确计算
设计，当然
也包括这次埋葬
以及埋葬前他们的婚姻
坦率地说，他不一定愿意成为皇帝
即便因此可以有许多女人

2012-3-26

# 江汉村甜品店

抹去长江两岸的浮华
穿越一百年的烟尘
从某个雕花的石门洞放出目光
尽量与窗台吊下的绿植保持平行
才发现苦涩在江汉村的老水泥里俯下身

别忘了江风委婉
砖石已褪色
汽笛声勉强擎着码头
南京路与北京路间隔着的哪止民国
世风在江汉村伪装成一份甜品
让身世再度成谜

江燕翻旧的江汉村安静如彼
村口张望的小贩，目光迂回
筐里的糯米粽粘着码头运来的白砂糖
时间欲言又止
在江汉村 20 号停顿为暗紫色橱窗
与一杯咖啡争执不休

我想在江汉村老巷里停泊脚步
给记忆试穿某款民国旗袍

再剪去头顶上比大清朝还古老的辫子

直到天黑下来，轮渡催促，亦未能如愿。


2015-1-11 厦门大学

# 对岸的尼泊尔

樟木镇由一只折起的带子串起
自雪山上自由落体
英文梵文藏文和中文共镶了花边
针脚被雨雪冲撞，日益凌乱

那条来自雪山的水在此分出中国内外
尼泊尔停泊在时间对岸
据说穷得只剩下大象和佛经
这个温润小国近年多用于找寻前生或来世

2014-10-19

# 扎什伦布寺门前的柳

每条进寺的路　都翻越雪线
——经年冰封的强大神经
洗涤过无数喇嘛的尼洋河
挺身途中　逆风方向反复盘查，追问
限速的警察，掐算入寺觐见的最佳时机
还不够，我们在俗世陷得太深
冰雹奉旨走下云端，寺门口堵着
朝圣者，交出体内最后的芜杂

神的白马草凌驾笨重的泥石墙
高尚的金银闪耀灵塔基座
红黄衫的尖顶喇嘛企图链接智慧
青稞换算的灯油满溢虔诚
眩晕的秃鹫等待饱餐经文后废旧的躯体
号角低回，我们双手合十
心事重重，我们掌心虚无

寺门外的天晴了
乔装的小径青石湿滑
碎碎的夕阳洒满泥泞
环抱的柳树　粗鄙的年轮逆时针翻出体外
同虚妄时空倔强地掰着手腕

2013-11-10 于郑州

# 拉萨郊外的早晨

清晨的郊外　群山一夜白头
布达拉宫的白从拉萨河另一端隐去
我们沿河岸追赶秋风
阳光未及之处的雨锥入收割后的泥
金色杨柳在水畔再次完成根须聚会
牛羊正忙于将苜蓿草贩往人间

山峰不放过任一截天际
凡间雨歇时天堂雪骤
众峰系万端云霓于腰间
我们将洁白的心事藏于顶峰
将自己遗忘于高原

2014-10-2 于西藏

# 藏家小记

他们取石高山
在雅鲁藏布江畔平缓处修筑堡垒
他们守望雪山
牛粪在围墙上站成浓浓暖意
羊卓雍措停泊在冈布拉山另一侧
他们足不出户
也知道牦牛在山腰上吮吸神赐的晨露
神无处不在
他们从坚固的堡垒四角升起经幡
春季来临前捐出粮食和酥油
静待院外神灵经织油菜花海
他们表情淡然
却无比幸福

2014-10-2 于西藏

# 观雪域古国遗址

我攀上雪山之巅
面对神灵折断宝剑
在峡谷溪流里放归战马
从巨石上埋没名姓
我不再与明天赌哪怕一枚铜钱
不再为手刃强敌而仰天长啸

风刀斩蚀城堡再无法牵制我的眼泪
河流改道再无法吞噬我的牧场
我会遣散奴婢、金银和牛羊
在红日升起前消失于大地尽头

我已适应用挥刀臂膀轻叩柴扉
爱人会拄着霞光接我归耕
我们默默无语　微笑融进夕阳
我们把朔风关在门外
把理想紧紧捆在屋里

2014-10-7 于西藏

# 庙

史书说不清运河与村庄的成形早晚
或者村庄本就不在史书里
这个春天之前
先人一直在黄河南岸的运河畔打扮炊烟
这个春天之后
村庄坍塌为瓦砾
春燕再无处安置衔来的春泥

蓝砖灰瓦的庙停泊于废墟之上
孤立者的坚守姿态温暖可掬
橘色朝阳涂抹它的东山墙
归燕自耳窗拥挤出入
天真地筑巢
它顽固的祖先用梦里啾声提醒:
此庙墙基如磐石,
挺过了大清以降几世的洪水与炮声,
此庙是土著的精神高地,
哪一年不香火茂盛?
万可放心安居。

少假时日,
香火炮火熏燎的庙将混身平民的垃圾

钱袋鼓囊的子孙们背对烫手的祖先
前世的土被深度翻起
裸体的灵魂散落在仲春芳香里
这个春天之后的子孙再不属任何村庄
他们将置身更高级的城市
将瘦弱的灵魂交付油水过剩的躯体
他们自行堵塞记忆的入口
遭运河畔的春燕反复睥睨

*2014-4-9 清晨*

# 初春街头

这时候，北风被剥夺致命的寒刀
削为雪灰的刀斧手，囚禁山顶
咒语：化不成灰就化成水，偿还
在人间冻结的亏空

这时候，时间可以表述为尘土
城市里潜伏的华丽钟表
挥舞利刃，将初春切割为等份的扬尘

玉兰花将在月末开放
给伪装的街头点亮诗意灯盏
冬青掩饰的虚妄图景
最终倒闭于常年失火的街巷

白昼总翘起黑裙摆
踮着脚尖僭越黄昏边沿
春天也有诗意贫乏的章节，何况
尘烟迷漫的人生

2015-3-12

# 山寺逢春

第一次见到寺中腊梅
恰逢它第七百五十余期凋落
手握何等意念才可以背对春天
向接下来的繁花闭上眼睛？

春风无骨
更不可能藏刀，再小心
也只能从寺院左右绕开
怕扰了佛祖的苦心经营

马从寺后的缓坡驮起峻峭
它的远方隐匿密林
清泉从蹄下闪烁微光
踏过两座桥架起的未知

再过些时日　杜鹃花会攀上寺旁绝壁
它们胆敢悬置阳光
为旭日与夕阳支起跷跷板
是否俯瞰人间冷暖后，便能
将时间玩弄于股掌间？

2015-4-7

# 村外的交响乐

敲击骨骼的荒凉声音
在每一个黄昏前缓慢站起
一种姿势保持千年
风　吹响万顷良田

三月已经来临
而我们都不在意
春天在哪里

破烂村庄的入口
一棵歪柳凭吊古今
神入住其上
村人顶礼膜拜却更恐惧魔鬼
我大叫着春天春天春天
引爆淤积垃圾的身体
惊雷后可怕的静
母亲的轻唤由远及近
音乐
遮住我裸露的上体

2000-8-20

# 列车雨中穿越隧道

窗外应该正下大雨
稻田被敲诈出白水泡
白鹭在池边整理发皱的影子

村落的影子越发悠远
山丘和雾霭联手捉弄着道路
把咫尺伪装成远方

雨水在车窗上拒绝远方
横陈的细密曲线是躲避不及的心迹
我在另一侧盘算抵达某地的具体时间

此时雾的另一端大江平阔
渔家从西边收网
木舟拒收多余的摇橹抵近码头

时光没有停泊的码头
隧道是给白天装上的黑护栏
是昼夜平分时间的公平找零

我有时也为世上的诸多不公计较
比如此刻窗外的劲松在山间破解迷雾

而庄稼与果园却凑近鸡鸣狗吠的人烟

我想从车窗反光里找出平行的自己：
他是否也长期被铁轨绑架，
拖着永不相交的钢铁誓言疾速向前？
他是否也在潮湿的小站反复停靠，
顾不上为故乡不幸的人们献出悲伤？
他是否也勒索每个平凡的日子，
然后高速逼近生活的真相？

太累了，
我们将在时空某个隧道里一同睡去

2015-6-19

# 在日月潭遇雨

我们轻易攀上青龙山
计划从对岸窥伺涵碧楼的日月
那场预谋已久的雨
便从月潭方向往日坛倾倒
人群被赶往玄奘法师的小庙
没有香炉、卜卦与僧众
更无人给这位曾寄宿尘世的陈袆跪下
雨水挤进门槛把人群逼近佛龛
为一脚干地儿有人几乎碰到法师的禅杖
比湿鞋更大的危险更应警惕

檐下的蜘蛛精仍在结经年的网
千年一梦的雨还没停
辫成线的水鞭策万世的烟
唐僧早把尘世大步甩开
走远了
海峡两岸撒下靡靡的香
庙后的崖壁有白花一路盛开
祈祷的木鱼响在雨歇的停顿处
乌云假装散去
涵碧楼仍陷在暗沉的日月潭畔

青蛇定是骤雨里自细竹跌落
否则不会轻易沾染庸俗的泥
它奋力从众多镜头里爬出
怕泄露天机
崎岖人间路差点毁坏它的优雅
几千年前它拒绝了西游记来到这里
却逃不开人鬼神的老套游戏
雨停了，日月潭潮湿的音乐继续
青蛇再不会发起反击
潭中日月教会它：闭上眼睛，才能看清世界

2015-6-25

# 等待

我眺望雪地里的木房子
炊烟缠绕着记忆散落松林
我拥有每个完整的午后
在院里最靠下的台阶坐下
粪金龟围绕衰败的野菊花
我看到有人从草原牵马归来
阳光拖拽长长的马尾
我就这样静静坐着
若有所思的样子
其实什么都没想
我来此只为呆呆坐着
不远千里赶赴这场边疆的静止
把思绪封存在喀纳斯冷淡的湖水中
我就这样静静坐着
目光不随马匹移动
偶尔触及屋顶之上的蓝天，却
与远方和房子无关
我只想安静地坐着
努力不像个俗世里染病的人
等待，日子慢慢好起来

2015-12-24

# 我整日待在湖水边

我整日待在湖水边
等待雪山融解的夏季
群山再次倾倒清冽的湖面
小木屋修葺一新
干燥的禾草
充足的柴火
炉膛内火势正旺
只要我的炊烟还在湖边升腾
锅内早无肉可炖
也是动人的一天

我早已熟识了星空
我们之间有默契的语言
我会在湖边的火堆旁展出渔获
它拉开捕猎时使用的弓箭
湖面与苍穹间填充的只是平凡事物
我们更关注湖面以下的未知世界
那里有没有凉爽的风
能否听到悦耳的虫鸣
是否有人
替它们撑开丰盛的夜晚？

2017-9-1

辑四 |

# 无巢氏

# 陆浑

西周末年，周幽王立宠妾褒姒为后，以其子伯服为嗣，申侯遂联合缯国和犬戎伐周，杀幽王、伯服于骊山下，西周覆灭，立宜臼为王，是为平王。平王得晋、郑、秦等诸侯之助，东迁于雒邑（今洛阳），以避戎寇，为东周之始。周襄王十四年（公元前638年），陆浑戎允姓，从甘肃敦煌迁洛阳西南嵩县东北一带，此地始名陆浑。汉在此置陆浑县。五代时并入伊阳县。自古为兵家必争之地。嵩县今仍有陆浑水库。

夏日某个呜咽的傍晚
暴雨过后
几根惨白的腿骨从山谷冲出
我的先祖，总是
选择在恶劣天气里恫吓后人

骨头粗壮健硕，异于常人
注定成为柴火、尘土、噩运，或者赌具
而非财富、敬畏、福祉
祖先的印记早已模糊
方言里夹杂的辅音

偶尔会供出敦煌大漠的孤烟
书经残缺的页码　泛黄的子孙
浑然不知

史实蛮荒
不朽不烂的倔强铁砧
共主平王　适宜与否的东迁
王室　像一枚巨蛋自西边高处滚落
若需要，它还可以克服引力
滑稽地原路滚回

无休无止的战事
风云莫测的规则与版图
大漠边缘
戎人锋利的弯刀与不逊野风的马匹
未被遗忘
秦晋以山川和粮食引诱，手握皮鞭
马靴里私藏西北黄沙
先人以星位勘记来路
引候鸟为傲　誓必归乡
风尘滚滚　一路东南

先人于赭红色山岭垦出私田
熔刀剑为犁铧
圈养马匹牛羊
在青山绿水间犒赏生命

122

在都城的弱侧正正衣冠
在伊河下游交易戎人奇技
在一个大湖畔集体遗忘来路

2013-7-15 于南京

# 兴洛仓

兴洛仓又名洛口仓，位于洛阳东今郑州巩义河洛镇的黄土岭上。这里地处丘陵，形势险要，土层坚硬、干燥，又有水路运输之便。始建于隋大业二年（606年），仓城周围二十余里，有窖三千，每窖藏粮八千担，设官兵千人防守，是当时全国最大的粮仓。翟让和李密的瓦岗军于隋大业十三年（617年）攻克洛口仓，翌年隋灭。唐代开元二十一年（733年），复置洛口仓。遗址尚存。


群山秀峰东出洛阳城
便潦草无力
黄河觊觎此地已久
趁机肆虐涂鸦
丘陵如琴键凌乱起伏
任万世弹奏更迭，杂音不断

沟壑跌宕的停顿处
麦田填充得牵强，却恰如其分
成熟意味着浓妆艳抹的集体退潮
蓬勃过后再度禅让土色
有关生命的悖论在历史的孤灯下轮回

无一幸免

一场雨的末梢
麦穗如期发育为一场丰收

铁蹄敲击的刀剑锐意
遁隐夏日某一抹绿意的浅层
无须再为刀镰寻找
字正腔圆的理由，以及
配上收割的正义借口

青牛已去
秩序的输出颇费周折
嵩山书院遍罗群贤，书声琅琅
却在文明的筵席上屡次失位
楚河汉界　遗迹尚存，
权欲睥睨下
从无泾渭分明
唯有梁岗上从容的粮食
纵黄河咆哮撕扯，无须堤坝
却笑看永恒
用颗粒归仓的简单动作
逐一拆穿亘古不变的谎言

2013-6-22 晚于龙潭大峡谷

# 贺兵马

贺兵马，位于开封市东南，旧黄河故道，为古运河通济渠段岸边村落，据传宋代此地附近为守卫京畿的兵营。


慵懒的夏日阳光
繁忙的运河两岸
轻歌曼舞溢出大梁门外
汴京城无处不茂的柳，以及柳荫下
战马归厩后寥落的马鞭

京畿西南，
黄河古道的滩涂长满旌旗
明晃晃的兵营，长短不一的刀剑，
贺兵马，明媚江山的焊接点

繁忙的信鸽描绘大宋朝皱眉的边疆
贺兵马，兵马不动
宋瓷、金银、粮食、丝绸乘水路出城
东京梦华的章节未乱，
旷古卓绝的诗句蘸满舌尖
几只白鹭

蔑视了湖畔金色宫阙的挑檐

家与国错位的大宋
文与武难以两全的人间
醉心的勾栏瓦肆
沙漏里易逝的时间
比瓷器更加易碎的　大宋江山
在飞雁的银翼下，南迁

鼓楼上修葺一新的时间，
一首新词即将赋完

运河已干
南方的赵家兵杳无音信
空泛的贺兵马五谷丰登
黄河南岸洗漱辉煌的汴梁土著
迎风吟诵着往昔，
而蝉鸣　千年未变。

# 苏濡沱

苏濡沱村位于河南省洛阳市老城区邙山镇，据传苏濡沱村是战国时期著名政治家苏秦的故里，而村里沟底有条小河名苏濡沱河。苏秦，雒阳（今河南洛阳）人，出身农家，素有大志，曾随鬼谷子学习纵横捭阖之术多年。他家庭贫苦，向秦国推销统一中国的策略失败回乡，妻不下纴，嫂不为炊，父母不与言。遂闭室"锥刺股"苦读，终说服六国国君合纵抗秦，败后车裂而死。其故事自古便有争议，甚至其人被疑杜撰。


来源未考　去向不明
途经大把起伏向前的时光
某座桥　适时
填补未往与来路的留白
带来村庄、屋舍与邻居
带来一个人
一生为梦不曾苏醒

取材六国的华丽梦境
经纬四海的恢弘剪裁

背剑的苏秦
才华溢出整部《春秋》
他步伐过快
跨出了他人鼓鼓胀胀的欲望
五匹罪恶的马
从不同方向扯破了他的身体
之后，华夏一统
恍悟的世人
原来只是活在"梦中人"的梦中

邙岭上残阳如血
锃亮的预言萦绕着蒙尘的光阴
夕阳末端的柴扉紧闭
苏潏沱撒谎的邻居
在自己梦中
成为五匹马中的一匹

2013-7

# 八公桥

八公桥，镇名，位于濮阳县城东南，古属卫地，近黄泛区，据传名称来源于宋代。某年黄河泛滥，又秋雨成涝，肆水断桥，村人度日如年，八位老者呼号奔走，募钱出力终筑一桥，解村人大患。此事传开，为彰其功德，官府特命名该桥"八公桥"，村因桥得名，后繁衍聚居而成镇，名称沿用至今。


八画写成国
八位宋代耄耋枯指遒劲
重新书写"卫，多君子"，镌刻于
光阴的杯沿与金属国度的基座
书写一座桥
嫁接人性的悲悯　被
灾魔通缉至今

他们的桥毁于哪朝的战火
共同浴火的　还有哪些
桥两端姓氏众多的稼禾与花朵

君子成为示弱的外号

我们的桥垮塌于内心
波涛万顷的洪流向前
心与心到达率急转直下

八画写成国
八位老人抽起的响亮耳光，回响于
光阴的杯沿与金属国度的基座

2013-8

# 神垕

神垕，镇名，位于河南禹州，地处伏牛山秀美余脉间，名胜古迹众多，是中国"五大名瓷"之首的钧瓷源产地，宋代钧窑官窑遗址。钧瓷始于唐代，后经宋代在唐花釉瓷基础上改进成自然窑变的国宝瓷器，朝野震惊，享誉古今中外。今，仍是钧瓷生产基地。


神最疼爱的宝物偶遗人间
神一向苛刻　岂愿与蒙昧众生共享
神将宝物的下落埋没深山　密林
及　亘梁上分岔无数的小径尽头
差神兽驺虞化身河流盘绕看护

唐代的火焰失口吐露玄机
宋人的风箱小窑自花釉的杯口启程
历经七十二道浩劫
终捂火还原
神怒施咒语
充耳不闻凡间的祈祷
千年来　宝物濒死胎中

神无后人，神垕有人
煽动变幻而不朽的火焰
闪躲刀兵、疫乱与匪患
善待火神，惯养驺虞
静待风与火的砥砺、密谋，以及妥协
祈求釉彩炙焰上鬼使神差的韵步与凝思
趁神不备
藐视金银的万彩刺破瓷区峪口
神垕　因难以预料的偶然或必然
渐渐辉映大宋的广袤江山

都汴梁的赵氏自诩神子
私享宝物的借口最为充分
青河畔的驻兵与匠人行色渐忙
白峪山梁间商贾万流
贡瓷满溢大宋的盛世荣光
巧工画匠弃笔喟叹
宋人妙笔无数　却集体失语
珠玉锦帛沦为砝码乃至添头，而
宫阙幽处的纹片细声默数着太平光阴

宋其实是神的一处宝藏
与钧瓷一起被置于人间最耀眼的殿堂
光彩万古不腐，命运易碎无常
金人的乱蹄踏进古玩店，前朝的歌舞
腔调幽咽

赵氏儿孙慌乱的脚步节奏凄惨
神庢窑毁屋塌，匠人消散
神趁机重隐玄机

神庢的子孙固守一道著名哑谜
企图祭出标准答案
神躲在暗处不怀好意地笑
青河干涸，神兽去向不明

2014-1-3 凌晨 5 点于郑州

# 君召

君召，今乡名，位于河南登封境内，原名"军赵"，始建于明。明末朝政腐败，闯王起事，嵩山西麓因匪患路断人稀。为挽危局，明廷从山东青州调来千人军屯部队，千总官赵进贤，于崇祯五年（1632年）始扎寨狂河西岸阳乾山前，军垦并保境安民。十余年后，大清入主中原，赵家军被迫落户。清雍正五年改"军赵"为"军召"，后改为君召。


季节已挥舞软鞭驱雁南去
羊群进山，收拾衰败的残羹冷炙
野菊花侧骑山石
随时滚落的黄，演奏
丰盛人间的尾音
牧童，目光陷在某块巨石后面
刚好涵盖整个羊群

闯王的兵马在山上
青州千总的兵马在路上
前朝的江山在濒危的边沿
风，越过嵩山

赵氏军马佯装扬锄开垦
在狂河西岸掩埋姓名
在阳乾山前收起旌旗
闯王早不见，惊闻江山改
叹辫子悬上了大清朝
叹难以踏上的青州路
风，越过嵩山

君子石横亘君召主路上
试图用道德弯道超车，兑换 GDP
子孙们费尽心机的经济账
偏漏写了野史上的赵千总
他的军号凝霜，钢铁生锈
军马幻化为羊群，马鞭驱赶犁铧
风，越过嵩山

修缮万千出山的路
翻过丘陵，穿越平原，直抵海滨
只是，山民的记忆
带齐了漫眼的山花和青石
独遗失了赵千总的青州
风，越过嵩山

2014-12-12 凌晨于郑州

# 胙城

胙，祭祀用的供品。胙国，周公旦之弟六子伯
分封地。汉景帝之子刘德封献王于河涧，献王
十五世孙刘插曾隐居此地，号华里公。胙城，
乡名，古中国县名，今河南延津县东北。


远古的褪色马车
匆忙渡河的人
甩开身后的烟尘无法躲避过去
置身未知的对岸更难靠近内心
几匹束腰的马拒绝多余的脂肪
船舷之上弦月之下　渡口
捏紧了哨声
夜色蒙起马眼
马匹咬紧溜光的铁质前程

那是古历四月，渡口之上
蒿草拆解着堤坝
黄沙盘旋，难领悟讳莫如深的神意
庙前闪光的胙肉，檐槽处抹嘴的乌鸦
祈福的香火并入云霞

法杖上青铜挤兑了玉石
龟甲与兽骨交换了谜语
细密的纹路交织晦暗的命运
有人攀上高台
在风里长时间沉默
夕阳稍后从城西滑落
莫名的黑暗随鸦群由远及近


乱风扶不正流水
上一个王没落之前
定有人违背了神意
河流将在七月再次改道
粮食沉入河底，姊妹分乞他乡


燕子从城墙断裂处营造家巢
槐花将要谢了
还有一段梦没有筑完
拜别城隍庙，解开柱栏上盛开的马匹
此番作揖未必能改变什么
卸下胙肉后，扁担挑起的基因依旧沉重
他们仍会将余生摆上不同的祭台
仍会流浪，在某个渡口不经意间重逢


2015-5-11

# 坻坞

坻：指高坡地。坞：指四周高中间低。坻坞村位于渑池县仁村乡，以盛产优质小米闻名。而坻坞贡米众说纷纭，一说唐德宗皇帝品尝了坻坞村民供奉的小米，曰"清爽可口，何不为贡"。一说武则天随李治避暑于黄花紫桂宫，因旅途疲惫在渑池休养，听闻坻坞小米能养病强体，遂私访坻坞关帝庙，品尝当地米粥，精神大振，赐字"金米御贡"。另据地方志记载，清乾隆皇帝食用坻坞小米后，龙颜大悦，夸其为神米，并赐纳贡村民御匾"敕赐义民"，坻坞贡米因此闻名遐迩。


风吹向山谷
今年的蝉鸣来得早些
或者槐花开得晚了
总之，立夏这天槐花仍在山林里旋转
纷白的嫩香不断扩张、膨胀
从我的鼻梁转身后沿溪流下山
但在坻坞丰满的山里不适合谈槐花
尽管未到种植谷物的季节

溪水曾击穿过村庄
如今被乱草袭扰，几近断流
仍在小心穿越涵洞
低洼处的古井已被时间封存
杨絮如雪，埋没了淘米人的来龙去脉
静影空鸣

岸上的泥石房早已坍塌
黛青色的瓦片悬在烟熏的断墙上
残门仍锁着，却等不来开锁的人
歪倒的粗石槽完好无损
咀嚼新近的雨水
试图从石桥上辨识自家牛铃声

籴米的客官趁月光上路
背对月亮是洛阳城的方向
背对影子则抵达更近的陕州
坻坞关上柴门
还月亮以孤独
还梦以喧嚣
还大地以银子
树杈晾晒收藏的影子
与月光开形色不一的玩笑

那是千古盛世
无论坻坞的小米滋养国家的栋梁、混蛋

西山上
猫头鹰不为任何人唱挽歌

2015-5-13

# 后记：生命的定价

农历正月十四，降温大风，陪父母回老家过元宵节。春节没回来，众亲朋来探望，简单拂去蒙尘的桌面，临时操办了酒菜，大家频繁举杯，感怀旧事。送走亲朋，夜已深，春寒料峭，乱风掀动门帘，像不时有人冒寒赶来探望。我在这个院子里长大，没有比在这里改成此书更富有诗意的了。书里诸多篇幅，都没离开这个风中飘摇的村庄，甚至囿于窗外响声不断的小院。

往前数十三天的大年初一，天光未亮，举村人便走街串巷磕头拜年，年复一年。春节宏大的仪式感是如今为数不多的年代记忆，这也会制造出自己一直并未走远的假象，可惜今年错过了。很庆幸自己有个乡村里浸染过的青少年，无关苦难与疼痛，美丽与丑陋，只是它加大了可供退守的灵魂防线的纵深。或者，这些长短不一的句子不过是远行异乡的我和那个被村庄围困的少年间的只言片语。

若论及诗歌写作，我无法触及领楔，更无法写下成段自圆其说的专业文字。至今，自己都因应近乎偏执的秉性与某种感觉而写下勉强分行的句子。我甚至怀疑某些成熟的诗歌作品，或者吨位甚巨的诗人，也不过是他们柔软而敏锐的心会意了某种神谕罢了。当经历或者思绪被突然诱发，有幸拿笔记下，再徜徉于稀疏的行间，忐忑而固执地认可其中某种神秘的力量。也许那就是诗。在自己乏善可陈的诗歌践行里，毫无企图，更无歹意，真诚而纯粹地处置与诗歌的关系是唯一值得圈点之处。正如耿占春老师所言，我属于诗歌"圈子"以外的人，多次向人惶惶求证自己所写下的究竟是不是诗。直到如今。

我之前的日常生活中，文学、写作占比之轻几可忽略，占比更重的十几年商业经历不知何时悄然为前者夯土奠基。耿占春老师所言"生命的定价不能太低"，虽有捧杀耿大勇之善意，却成了徐马楼后程接力的座右铭。为生命定价虽显狂妄与徒劳，近四十岁的年龄敢于正视文学与写作，的确需要勇气与物力积淀。感谢上苍眷顾，那丝微光竟未泯灭，更要感谢身边风马牛不相及的两个圈里朋友的宽容与扶助。

自第一本小说集《避水台》面世后，我的阅读与写作几乎仅聚焦于诗歌。这也要感谢张晓雪女士的支持甚至怂恿，她是我最早也是为数不多读我诗歌的人。说来可笑，几年下来成形的不过百余首，能红着脸收进此集的不足百首（还要算进去学生时代几首带有纪念性质的小诗）。在此，特别鸣谢黄礼孩先生，他和他的团队用智慧和热忱让这本书表面上不再那么单薄。

写着这些文字，窗外已有稀落的鸡叫，冷月光仍寄养枯枝上，云翳加速从月侧飘逸。这不是我熟知的夜晚，却真实悬浮于某种模糊的诗意中。这让我想起，在大理潘洗尘先生家的露台上，另一个有些陌生却无比真实的夜晚。也是酒后，我第一次在人前读自己的诗，脸红得像小学生，所幸夜色和他们的真挚挽救了我。他们慷慨地向素昧平生的后来人提出忠告，清晰而坚定的表情在燃气灯光下对抗着尚未褪净的寒意，像天使。那晚之后，耿占春老师冒着污染笔尖的风险不吝赐序。

　　我没弄清真正的原因，文中提到的人，以及现实中所见不多的其他几位诗人，都是值得尊重的天使般的人。这让我笃定：与诗歌再近些，生命的定价自然不会低到哪儿去。

徐王镚

2018-3-5 郑州

图书在版编目（ＣＩＰ）数据

　　一个人的对峙 / 徐马楼著.-- 武汉 : 长江文艺出版社，2018.8
　　ISBN 978-7-5702-0501-1

　　Ⅰ. ①一… Ⅱ. ①徐… Ⅲ. ①诗集－中国—当代 Ⅳ. ①I227

中国版本图书馆 CIP 数据核字(2018)第 139035 号


责任编辑：谈　骁　　　　　　　责任校对：陈　琪
装帧设计：禮孩書衣坊　　　　　责任印制：邱　莉　　王光兴


出版：　长江出版传媒　　长江文艺出版社

地址：武汉市雄楚大街 268 号　　　　邮编：430070

发行：长江文艺出版社

电话：027—87679360

http://www.cjlap.com

印刷：广州商华彩印有限公司


开本：880 毫米×1230 毫米　　　1/32　　印张：5　　插页：4 页
版次：2018 年 8 月第 1 版　　　　　2018 年 8 月第 1 次印刷
行数：2880 行


定价：39.00 元